QUELQUES CONSIDÉRATIONS

SUR LA SUPPURATION

DE LA

CAISSE DU TYMPAN

SON TRAITEMENT

PAR

Jules MAFFRE,

Docteur en médecine de la Faculté de Paris.

PARIS

ADRIEN DELAHAYE, LIBRAIRE-ÉDITEUR,

PLACE DE L'ÉCOLE-DE-MÉDECINE.

1875

QUELQUES CONSIDÉRATIONS

SUR LA SUPPURATION

DE LA

CAISSE DU TYMPAN

SON TRAITEMENT

PAR

Jules MAFFRE,

Docteur en médecine de la Faculté de Paris.

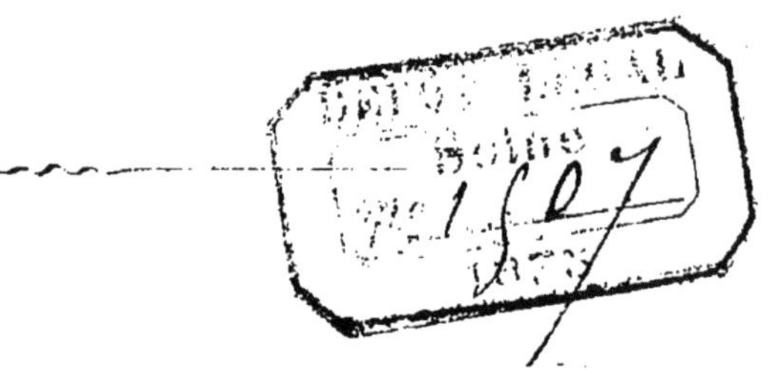

PARIS

ADRIEN DELAHAYE, LIBRAIRE-ÉDITEUR,

PLACE DE L'ÉCOLE-DE-MÉDECINE.

1875

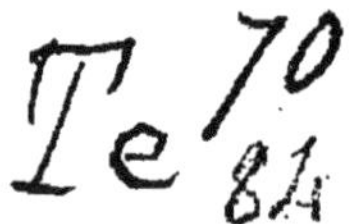

A LA MÉMOIRE

DE MA MÈRE

A MON PÈRE

Reconnaissance et dévouement sans bornes.

A MES PARENTS

A MES AMIS

A M. C. MIOT

Médecin-auriste.

A MON PRÉSIDENT DE THÈSE :

M. GOSSELIN

Professeur de clinique chirurgicale à la faculté de Médecine de Paris,
Chirurgien de l'hôpital de la Charité,
Membre de l'Institut et de l'Académie de Médecine,
Commandeur de la Légion d'honneur.

QUELQUES CONSIDÉRATIONS

SUR LA

SUPPURATION DE LA CAISSE DU TYMPAN

SON TRAITEMENT

La suppuration de la caisse du tympan est une affection que le malade regarde trop souvent comme ne devant entraîner après elle aucune suite fâcheuse. Il la néglige au début, et surtout quand les douleurs produites par l'inflammation ont disparu.

L'écoulement purulent se déclare, persiste et sa présence seule cause un certain ennui. Mais quand deux autres phénomènes, les bourdonnements et la surdité ont acquis une certaine intensité, alors sa préoccupation se porte du côté de l'organe de l'ouïe. Les personnes qui l'entourent s'aperçoivent insensiblement de sa surdité, et il s'étonne lui-même de faire répéter les questions qu'on lui adresse. A ce moment-là le médecin est consulté. Nous désirerions attirer ici, d'une manière toute particulière, l'attention des praticiens, car certains d'entre eux laissent persister dans l'esprit du malade une erreur malheureusement trop accréditée, à savoir : que cette suppuration se tarira par les seuls efforts de la nature. Ils la considèrent donc comme un émonctoire nécessaire à l'accomplissement régulier des fonctions de l'organisme. Fort de cette fausse sécurité, le malade laisse son état s'aggraver : La suppuration augmente et devient fétide, la peau du conduit auditif externe s'épaissit et en oblitère plus ou moins la lumière, la membrane du tympan est détruite sur une étendue quelquefois très-grande, les osselets se détachent et se résorbent, la muqueuse qui tapisse la cavité du tympan s'hypertrophie et se couvre de granulations. Souvent l'inflammation qui se propage à l'oreille interne détermine des phénomènes divers, tels que surdité, délire, coma, etc. C'est à cette période, surtout, qu'on observe chez les enfants ces convulsions dont la cause passe parfois inaperçue ; des hémorrhagies graves, par lésion de la carotide, de la jugulaire ou des sinus, des paralysies du nerf facial sont également le résultat de l'extension de l'inflammation à ces divers organes ; l'altération de la corde du tympan donne lieu aussi à une salivation qui ne disparaît qu'avec la suppuration.

Avant d'entrer directement en matière, nous allons donner un aperçu de l'état dans lequel se trouvent les diverses parties qui constituent l'oreille moyenne, durant le cours de la suppuration.

ETAT DE LA MUQUEUSE DE LA CAISSE. — La muqueuse du tympan se moule très-exactement sur les petites rugosités de la paroi interne, recouvre la fenêtre ronde où elle forme, d'après Scarpa, avec la trame fibreuse, un tympan secondaire, enveloppe les osselets et constitue le feuillet interne de la membrane du tympan. Dépourvue de follicules et de glandes mucipares elle possède un réseau vasculaire sanguin très riche et très-délié, point de départ de ces suppurations si abondantes et si rebelles. Cette membrane devenant le siége de l'inflammation se tumélie, s'épaissit et comble plus ou moins la cavité de la caisse. D'abord hyperémiée, elle se couvre sur toute sa surface de fines granulations qui lui donnent un aspect velouté ; à mesure que se prolonge la suppuration, une ou plusieurs de ces granulations microscopiques deviennent le siége d'un travail de prolifération plus considérable et se présentent sous la forme de tumeurs polypiformes, en général d'un rouge vif. Quelquefois aussi, mais rarement, cette surface s'ulcère. A un degré plus avancé de la maladie, quand elle est devenue chronique, la muqueuse de la caisse est épaissie, indurée, d'un blanc jaunâtre, humide. C'est alors surtout que l'on observe ces polypes dont nous avons parlé. La fenêtre ronde offre une membrane épaissie et privée d'élasticité.

ÉTAT DE LA MEMBRANE DU TYMPAN. — On observera sur cette membrane des perforations dont l'ouverture pourra à peine permettre l'introduction d'une tête d'épingle ou comprendre, au contraire, la presque totalité de la membrane. On ne trouvera, quelquefois aussi, qu'une simple bande circulaire adhérente au cadre osseux. Chez l'enfant, l'os tympanal même disparaîtra, ainsi qu'un docteur anglais, Hinton, l'a observé.

Ces perforations siégent indistinctement sur n'importe quel point de la membrane que ce soit ; mais leur siége de prédilection se trouve placé à la partie inférieure, en avant ou en arrière, mais plus souvent en avant, de la direction du manche du marteau. Souvent elles se rapprochent du centre. Quand on en observe à la partie supérieure, il est probable qu'il existe dans les autres parties de la membrane des adhérences avec la paroi interne de la caisse, provenant de lésions antérieures. Les parties de la membrane qui existent sont toujours épaissies et comme macérées.

Etat des osselets. — Ils peuvent exister encore, mais avec des modifications plus ou moins profondes ou bien être totalement résorbés. Les articulations sont entièrement ankylosées ou dissociées. La tête de l'étrier qui s'engage dans la fenêtre ovale est souvent rendue immobile et ne communique plus de mouvements au liquide de Cotugno.

Etat de la trompe d'Eustache. — La trompe d'Eustache se compose de deux portions, l'une cartilagineuse, en rapport avec le pharynx, l'autre osseuse aboutissant à la paroi antéro-inférieure de la cavité du tympan, où l'on remarque de nombreuses glandes mucipares. La muqueuse de la portion cartilagineuse, se continuant avec celle de la région nasopharyngienne, possède, comme cette dernière, un riche réseau lymphatique. On se rend compte, dès lors, de la grande facilité avec laquelle l'inflammation de l'arrière-gorge se propage jusqu'à la membrane qui tapisse l'oreille moyenne. Dans les suppurations aiguës, le calibre de la trompe n'est que diminué et plus rarement complètement oblitéré par le gonflement de la muqueuse ; tandis que le plus souvent ce canal reste à peu près libre dans la suppuration chronique.

Etat de l'arrière-gorge. — Il est indispensable de se rendre un compte exact de l'état de cette cavité, dont les lésions, si elles n'ont pas déterminé la suppuration de la caisse la tiennent du moins sous leur dépendance, et ajournent indéfiniment la guérison. Les amygdales, volumineuses chez l'enfant, les dents cariées chez l'adulte et le vieillard, les coryzas fréquents et certaines affections générales, la syphilis, par exemple, en provoquant l'inflammation et l'ulcération de la muqueuse de cette région influencent d'une manière fâcheuse la suppuration de la caisse.

Traitement des auteurs. — Nous allons rapidement dire quels sont les moyens qu'ont employés les divers auteurs qui se sont occupés de la question.

Tous recommandent d'abord de ne pas laisser séjourner dans la cavité du tympan le pus qui s'y trouve accumulé : ainsi Simon Duplay, C. Miot, Bonnafont, Triquet, Hubert-Valleroux, Itard, Trœltsch pratiquent la perforation le plus tôt possible, c'est-à-dire dès que la collection purulente a été reconnue. Trœltsch, avant de faire la perforation du tympan, insuffle de l'air dans la caisse au moyen du cathéter car, dit-il, les douleurs violentes que ressent le malade disparaissent subitement ou en quelques moments. La douche d'air dégage la trompe du mucus qui l'obstrue, agite le pus contenu dans la caisse, lui ménage une issue vers le pharynx et diminue ainsi la tension qui existe sur la paroi interne de la caisse, surtout sur les fenêtres ronde et ovale et la membrane du tympan. Simon Duplay blâme et rejette les insufflations d'air par le cathétérisme et les procédés de Politzer et de Valsalva, parce que d'abord la trompe est le plus souvent imperméable, et, surtout, parce que cette manœuvre détermine de violentes douleurs. Il ne les admet que lorsque la membrane du tympan est perforée artificiellement ou pathologiquement. Du reste, dans ce dernier cas, les auteurs que nous avons cités se montrent tous d'accord.

Tous se sont préoccupés de faire disparaître le processus inflammatoire par les antiphlogistiques, les révulsifs appliqués au tour de l'oreille ou sur la nuque et les bras. Ils ont usé des dérivatifs sur le tube digestif. La suppuration a été directement attaquée par des irrigations (Simon Duplay et Itard). La plupart n'ont employé que des injections modérées, et le Dr C. Miot préconise des instillations prolongées. La quantité de liquide qu'il prescrit de faire passer dans les oreilles au moyen d'un irrigateur est considérable, mais le malade doit le faire arriver doucement et lentement dans le fond du conduit.

Les douches d'air simple, de vapeur d'eau et de vapeurs médicamenteuses, sont généralement employées,

Deleau et Hubert-Valleroux surtout ce dernier, qui préfère le cathétérisme à la perforation artificielle, semblent retirer de bons effets de cette médication.

Les injections de liquides médicamenteux dans la

caisse sont surtout employées par Simon Duplay, C. Miot et Itard. Ce dernier pratique une injection forcée par le conduit auditif externe, quand le tympan est perforé ; cette manœuvre fort douloureuse, du reste, peut, selon nous, augmenter la perforation, et même déchirer la membrane du tympan dans toute son étendue, et produire des désordres graves du côté de l'oreille interne.

Le Dr C. Miot a apporté, dans ce procédé opératoire, une modification qui tient surtout de la disposition de l'instrument employé. C'est une seringue ordinaire, munie d'un long tube mince et coudé à angle obtus ; on engage l'extrémité dans l'ouverture de la perforation, et le liquide de l'injection arrive suivant l'impulsion qu'on lui imprime dans l'intérieur de la caisse, sans provoquer de secousse sur les osselets ou les fenêtres ronde et ovale.

Les instillations émollientes, astringentes, caustiques, les cautérisations directes ont été mises en usage.

On a modifié la muqueuse naso-pharyngienne par des injections nasales, des gargarismes, des inhalations ; — le cathétérisme, la cautérisation de la trompe, la dilatation au moyen des sondes et des bougies à demeure, ont donné certains résultats. Ces divers moyens ont été combinés à un traitement général.

A la division en traitement local et général, habituellement adoptée nous avons substitué la classification suivante :

Traitement	Direct ou immédiat.
	Indirect ou médiat.
	Général.

Le traitemement direct ou immédiat comprend la perforation de la membrane du tympan, les irrigations simples ou médicamenteuses, les injections, les instillations diverses, les cautérisations, les douches, en un mot, tous les moyens employés pour modifier topiquement les surfaces malades.

Au traitement médiat ou indirect se rapportent, les divers révulsifs appliqués au pourtour de l'oreille, sur la nuque ou sur les bras, tels que sangsues, vésicatoires, cautères, moxas, frictions avec des pommades vésicantes etc. Les dérivatifs appliqués sur le tube intestinal, gargarismes, vomitifs, purgatifs. Itard entr'autres recommande de raser la tête, de la recouvrir d'une couche de ouate, sur laquelle on dispose du taffetas gommé. Il va sans dire que peu de personnes et surtout les femmes se soumettront à une pareille pratique, qui doit avoir pour avantage de surexciter la sensibilité de la tête, et de la rendre plus accessible aux diverses variations de la température.

Le traitement général est d'une grande importance dans la suppuration de la caisse, et concourt puissamment à en abréger la durée. On insistera donc soigneusement et on recherchera, quelle est la médication spéciale qui convient dans un cas donné, car chacun d'eux se trouve modifié par une foule de circonstances qui dépendent de la constitution, et du tempérament de l'individu.

Dans les cas de suppuration aiguë, il pourra arriver que le pus formé dans l'intérieur de la caisse du tympan ne puisse pas se livrer une issue au dehors, à cause du gonflement de la muqueuse de la troupe d'Eustache, et de la résistance de la membrane. Il est cependant rare d'observer ce fait, à moins d'un épaississement assez prononcé de cette dernière, lésion résultant d'inflammations antérieures. La douleur est alors très-vive, pulsative et la membrane partiellement tendue et refoulée en dehors.

La première indication qui se présente, est de livrer issue au pus, en pratiquant la perforation artificielle de la membrane du tympan. Cette opération a d'abord pour but de faire cesser la compression douloureuse qu'exerce cette production morbide sur les fenêtres ronde, ovale et la membrane du tympan, et d'agir comme antiphlogistique par l'écoulement de sang qui résulte de l'incision. Itard signale, du reste, le grand inconvénient qu'il y a à attendre l'ouverture spontanée de cette membrane.

« Je suis persuadé, dit-il, que la plupart des surdités qui viennent à la suite de la suppuration de l'oreille moyenne, reconnaissent pour cause le séjour prolongé de la matière catarrhale dans la cavité tympanique. Cette matière ainsi amassée, renfermée dans des parois qui ne peuvent se prêter à une accumulation progressive, s'insinue dans les plus étroites sinuosités de l'organe, s'y épaissit, y adhère et les obstrue à jamais. »

Le pus qui séjournerait dans la caisse déterminerait des accidents d'une plus haute gravité, en permettant à l'inflammation de s'étendre à l'oreille interne et aux méninges. La suppuration des cellules mastoïdiennes en a été quelquefois la conséquence.

Perforation de la membrane du tympan. — Plusieurs praticiens recommandent de suivre, dans cette opération, les indications fournies par l'aspect de la surface externe de la membrane et de ponctionner le point qui bombe le plus en dehors. Comme cette partie peut occuper les divers points de cette surface par suite d'adhérences avec la paroi interne de la caisse, lésions survenues à la suite d'inflammations antérieures, nous emploierons, autant que nous le permettra la direction du conduit auditif externe, le procédé suivant : nous ferons une incision en avant et en bas du manche du marteau à trois millimètres environ de son extrémité inférieure, parce que dans cet endroit il n'y a aucun organe important, que le tranchant du couteau puisse rencontrer et, en second lieu, parce que la distance qui existe entre la membrane du tympan et la paroi interne de la caisse est la plus considérable, 4 à 5 millimètres. Nous serons quelquefois obligé de pratiquer cette opération en arrière et en bas du manche du marteau.

Elle n'offre encore ici aucun danger si l'incision est faite un peu plus bas que le niveau de l'extrémité inférieure du manche du marteau; mais il n'en est pas ainsi à cause de la fenêtre ronde, quand l'instrument est dirigé par une main inexpérimentée.

Cette opération, qui a attiré sur elle tant de discrédit et que l'on redoute tant encore de pratiquer, ne présente pas les dangers qu'on lui a attribués. Nous l'avons vu exécuter un très-grand nombre de fois, par le Dr C. Miot dans son dispensaire et nous n'avons jamais observé aucun accident qui mérite d'être signalé.

Pour faire la perforation ainsi que nous venons de

le dire, nous emploierons le spéculum bilvave du Dr C. Miot; car cet instrument présente des avantages incontestables pour toutes les opérations qu'il est nécessaire de pratiquer dans le fond de l'oreille.

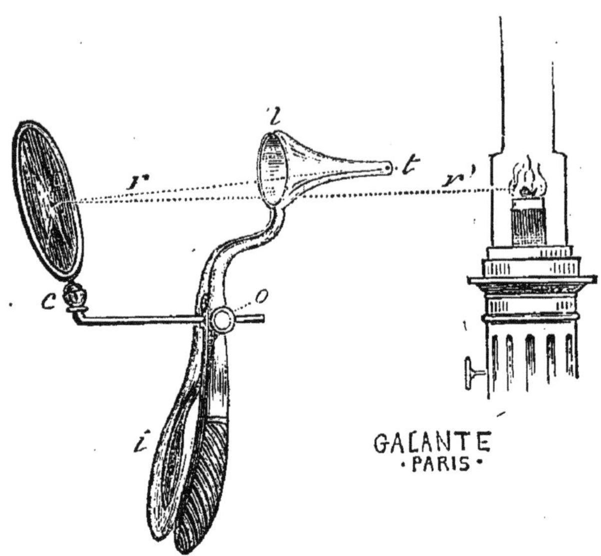

L'une des branches porte une tige métallique à l'extrémité de laquelle est fixé, au moyen d'un genou très-mobile un miroir dont le foyer a été convenablement disposé. La main gauche tient le spéculum introduit dans l'oreille, en écarte les valves suivant le besoin, et la main droite dirige, à l'aide du miroir dans le fond du conduit, les rayons lumineux fournis par une lampe placée à la hauteur de la tête du malade. L'oreille à examiner est interposée entre la lampe et l'observateur. Quand le tympan est bien éclairé, l'opérateur saisit de la main droite, restée libre, un bistouri à tige longue, grêle et courbée à angle obtus, et pratique la perforation dans l'endroit qu'il a choisi. Nous figurons ici les bistouris, les stylets et les curettes qu'emploie dans la pratique le

Dr C. Miot, et ce sont ceux que nous emploierons de préférence.

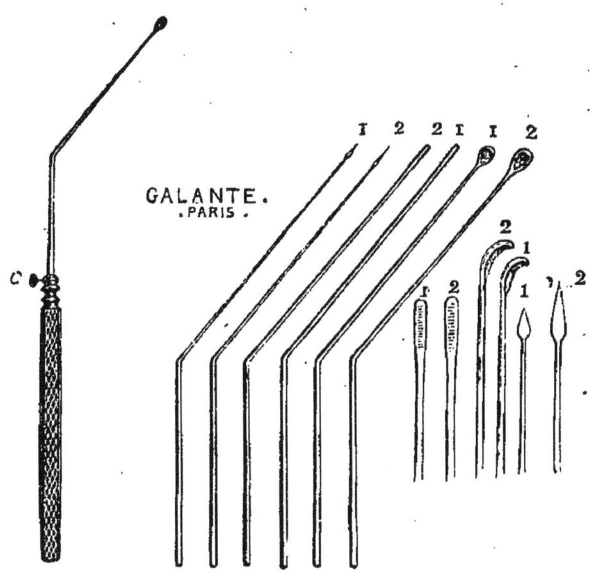

La membrane du tympan se perforera quelquefois spontanément et la solution de continuité sera quelquefois très-petite et ne donnera lieu qu'à un léger suintement. Il sera alors nécessaire d'agrandir cette ouverture qui, en se refermant rapidement, emprisonnerait une certaine quantité de pus dans la cavité du tympan. On la maintiendra ouverte en recommandant au malade d'employer quatre ou cinq fois par jour le procédé de Valsalva, afin de favoriser l'écoulement de la matière purulente. Il faudra aussi se hâter d'agir sur la muqueuse de la caisse pour faire coïncider l'époque de l'oblitération de la perforation avec la disparition de la phlegmasie. Nous sommes amené, par suite, à parler des injections dans l'oreille. Elles ont pour but d'empêcher le pus de séjourner dans la caisse et le fond du conduit.

Quand les douleurs vives de l'inflammation auront disparu on fera, trois ou quatre fois par jour, des irrigations d'eau tiède abondantes, de manière à opérer de grands lavages (3/4 de litre ou 1 litre chaque fois) ; on emploiera pour cela non une petite seringue de verre, comme le font le plus souvent les malades, malgré les recommandations, mais un irrigateur ou un clysopompe dont on modèrera le jet. Le malade dispose son appareil sur un meuble quelconque, de manière à pratiquer son opération le plus à son aise ; il penche légèrement la tête du côté affecté, introduit l'embout du tube dans le conduit auditif de façon à ne pas en oblitérer complètement le calibre et permettre à l'eau qui arrivera dans le fond de l'oreille de ressortir. On utilisera avec avantage la canule à double courant du Dr Prat. Il s'établit ainsi un courant en sens inverse qui entraîne au dehors toute la collection purulente.

M. Galante fabrique, dans le but de faciliter l'administration des injections, un embout en caoutchouc percé d'un conduit dans toute son étendue et creusé d'une rainure sur sa circonférence dans le sens longitudinal. Il a une forme olivaire et se moule exactement sur le pourtour du conduit auditif externe. L'eau pénètre par le conduit central et ressort par la rainure dont nous avons parlé. Le grand avantage que présente ce système, c'est d'éviter au malade l'inconvénient de se blesser le fond de l'oreille (V. la figure ci-dessous).

Cet embout pourra également s'adapter à l'irrigateur préconisé surtout par le Dr Miot et représenté par la figure 3. Avant et pendant l'injection, on aura le soin de faire employer le procédé de Valsalva. Si la trompe est libre, l'air pénétrant dans la caisse entraîne en sortant, par la perforation, une certaine quantité de pus. Telle est encore l'utilité des douches d'air et de vapeur d'eau pratiquées au moyen du cathéter; mais ce dernier procédé n'est applicable qu'avant l'injection, tandis que le premier se fait pendant le cours même de l'opération. Quand l'injection est terminée, le malade incline la tête horizontalement du côté de l'oreille malade, secoue légèrement le pavillon de manière à faire bien égoutter le liquide qui pourrait rester dans le fond du con duit.

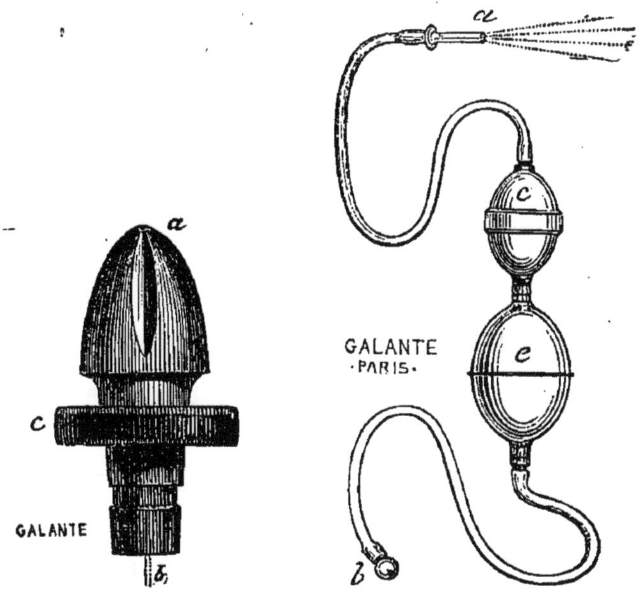

Jusqu'ici on n'a encore que favorisé l'issue de la matière purulente contenue dans la caisse du tympan et dans le fond du conduit auditif externe. Il faut maintenant chercher à diminuer sa formation et tarir sa source, en modifiant par la médication directe ou immédiate, les troubles survenus dans la vitalité de la muqueuse de la caisse.

Médication directe ou immédiate. — La vascularisation excessive et la prolifération de tissu conjonctif, dont la membrane de la cavité de la caisse est le siége, suffit pour expliquer ces suppurations si abondantes sur des sujets à tempérament éminemment lymphatique. On devra donc enrayer cette suractivité dans les phénomènes de la nutrition. Diminuer l'apport de sang, empêcher la formation de nouveaux produits morbides, telle est l'indication à remplir ; elle concerne surtout la médication médiate ou indirecte dont nous parlerons prochainement. Nous avons à nous occuper avant des moyens directement dirigés sur la surface malade.

Injections, instillations. — Les injections d'eau tiède ne servent pas seulement à déterger la muqueuse, mais à diminuer l'inflammation et par suite la suppuration. Leur action est peu sensible, et la guérison serait indéfiniment ajournée si on ne leur adjoignait les instillations. Elles consistent dans l'introduction dans le fond du conduit, après l'irrigation surtout, de quelques gouttes d'un liquide médicamenteux, calmant, astringent. Elles ne jouissent d'une grande efficacité qu'autant qu'elles entrent en contact immédiat avec la surface qu'elles ont pour but de modifier. Souvent la perforation étant peu étendue, le liquide ne pénètre pas dans l'intérieur de la caisse et mouille seulement la surface externe de la membrane du tympan ; son action, bien moindre que dans les cas où la membrane en partie détruite lui livre une issue jusques sur les surfaces malades, s'étend néanmoins par contiguïté et imbibition.

Pour rendre ces instillations plus efficaces, on se servira d'une seringue munie d'un tube long, effilé et recourbé vers son milieu, à angle obtus. L'extrémité de ce tube est introduit dans la perforation et l'instillation pénètre dans la caisse. Le plus généralement, le liquide sort par la trompe d'Eustache, dans l'arrière-gorge, ainsi que nous avons pu nous en convaincre par nous-même.

Quand il s'agit de calmer une douleur trop vive, on recommande au malade de faire dix à quinze instillations de décoction de pavot par jour (2 têtes pour 1/2 litre d'eau).

On utilisera plus spécialement les instillations astringentes après chaque irrigation, alors que le fond de l'oreille sera débarrassé de toute matière étrangère. Vers la fin même de la suppuration, quand elle sera presque nulle, il ne sera pas nécessaire de séparer l'injection de l'instillation. On les mélangera, sans préjudice pour le malade, si on a le soin d'employer en injection une substance active, telle que infusion de feuilles de ronces, de feuilles de noyer, d'écorce de chêne. On fait dissoudre chaque fois, dans la quantité de liquide employée, soit 30 centigrammes d'alun, de borax, de chlorate de potasse, 15 centigrammes de tannin ; la dose que l'on augmente graduellement ou que l'on diminue de la même manière, suivant l'état de la suppuration, dépend de la substance employée. Du reste, il faut varier pour obtenir de bons résultats. Voilà une partie des soins que peut se donner le malade à lui-même. Il reste encore ce que le médecin seul doit surveiller et diriger. Suivant les progrès de l'affection, on portera sur les surfaces malades des astringents ou des caustiques.

Ces substances, d'ailleurs fort nombreuses, se présentent à l'état solide, liquide ou gazeux. On ne peut prescrire les unes à l'exclusion des autres, car chacune d'elles remplit des indications spéciales dans des cas particuliers.

Il dépendra de l'appréciation du médecin de donner la préférence à telle ou telle préparation. Ainsi le nitrate d'argent s'emploie généralement sous forme de bâtons cylindriques et en solution plus ou moins concentrée. A l'état solide, il sera plus difficilement porté dans le fond de l'oreille et sur la circonférence de la membrane, tandis que, avec un stylet courbe et muni d'un tout petit bourdonnet de coton imbibé de la solution caustique, on atteindra bien plus facilement une granulation qu'il faudra réprimer, Les pinceaux, à cause de leur tige droite qui ne permet pas de bien voir la surface malade, nous paraissent devoir être rejetés. En général, les solides lorsque leur application peut être faite sans empêcher les rayons visuels de pénétrer dans le fond du conduit seront employés de préférence aux liquides à cause des accidents qui peuvent suivre l'application de ces derniers ; car si l'on n'a pas le soin d'exprimer, avant de le porter dans l'oreille, le bourdonnet de coton que supporte le stylet, la cautérisation n'est plus bornée à la partie malade, et le liquide coule dans les parties déclives où il détermine des accidents plus ou moins graves.

On emploiera successivement la solution de potasse caustique de Marc-d'Epine, de soude caustique, de sulfate de cuivre, de sulfate de zinc, d'azotate d'argent, de teinture de benjoin, etc.

Le nitrate d'argent fondu et les poudres médicamenteuses telles que le borax, l'alun, le chlorate de potasse, le tannin, la poudre de quinquina, sont également recommandés.

On modifiera le processus morbide par des substances gazeuses ou volatiles, telles que l'éther acétique, les vapeurs d'eau, de benjoin, de goudron, d'ammoniaque, etc.

Quand il existe des granulations qui entretiennent a suppuration, on les scarifie; si c'est un polype présentant un certain volume, ce premier moyen, aidé même de la cautérisation, devient insuffisant. Il est préférable de l'enlever au moyen de l'écraseur. Quant aux granulations, qu'elles soient isolées ou réunies en groupe, comme leur tissu est très-fin et délicat et qu'il saigne au moindre contact, on les éraille, au moyen d'un stylet à peine garni à son extrémité de quelques brins de coton. On étanche bien le sang qu'elles laissent écouler et on cautérise avec une solution de nitrate d'argent, souvent aussi on les incisera avec un bistouri très-fin.

Nous recommandons, à l'exemple du Dr C. Miot, les instillations avec le sous-acétate de plomb liquide (2 grammes pour 100 d'eau). Cette substance, bien loin d'avoir les inconvénients que veulent bien lui attribuer les praticiens allemands, jouit au contraire de la propriété de laisser un dépôt finement granuleux sur la partie malade et de la préserver ainsi du contact de l'air.

Le sous-nitrate de bismuth remplira également cette dernière indication.

Hubert Valleroux, pour réduire le flux purulent, insuffle tous les jours un mélange de précipité blanc et de sucre dans la proportion de une partie du premier pour deux du second ; nous ne dirons rien de ce procédé que nous n'avons pas expérimenté.

A mesure que la suppuration diminuera, on restreindra aussi la quantité et le nombre des injections et des instillations.

Voici les doses des substances le plus souvent employées :

Nitrate d'argent, 1 gr. ; eau distillée, 30 gr. Sulfate de zinc, 0,05 à 0,50 cent. pour 50 gr. d'eau. Sulfate de cuivre, 0,05 à 0,50 ; eau, 30 gr. Chlorhydrate d'ammoniaque purifié, 0,50 centigr. à 2 gr. Liqueur de potasse caustique, 4 à 40 gouttes. Iodure de potassium, 1 gramme ; eau, 30 grammes. Permanganate de potasse.

Douches. — Les douches dans la première période de l'affection, pendant que la suppuration est abondante, n'ont pour but que de débarrasser la caisse du pus qu'elle renferme. Celles qui sont médicamenteuses même, par la modification à peu près insignifiante qu'elles portent sur les surfaces malades, permettent de leur attribuer un rôle presque exclusivement mécanique. Elles seront bien autrement utiles quand, la suppuration étant peu abondante, la perforation sera sur le point de se refermer. On stimulera avantageusement la muqueuse de la caisse, et, quand la perforation aura disparu, on préviendra par leur administration l'ankylose des osselets ; on rendra leur souplesse aux fenêtres ovale et ronde, et son élasticité à la membrane du tympan.

Ces douches sont de plusieurs sortes ; ainsi que l'a fait le Dr Simon Duplay, nous les rangerons sous quatre chefs principaux :

1° Balsamiques : benjoin, myrrhe, tolu ;

2° Aromatiques excitantes : genièvre, lavande, acide acétique ;

3° Résolutives : iode, chlorhydrate d'ammoniaque, calomel.

4° Narcotiques et anti-spasmodiques : jusquiame, éther, chloroforme, laurier-cerise, etc.

Nous recommandons plus spécialement les vapeurs de chloroforme dans les cas où il est nécessaire de combattre l'élément douleur.

Médication indirecte ou médiate. — La méthode révulsive joue ici le principal rôle afin de diminuer l'apport des matériaux qui servent à entretenir le processus morbide : ralentir l'activité circulatoire dans la région, anémier l'organe, telle est l'indication.

Pour cela, nous appliquerons des sangsues derrière l'oreille malade, au niveau du sillon qui sépare le pavillon du sommet de l'apophyse mastoïde. Suivant le tempérament, la constitution du malade, nous en prescrirons de une à six. Les jours suivants, si les symptômes ne semblent pas avoir subi une décroissance notable, nous en ordonnerons la moitié du nombre précédent, et nous insisterons jusqu'à disparition des phénomènes inflammatoires, pour ne pas laisser surtout la maladie passer à l'état chonique. S'il apparaît, quelque temps après, de nouvelles douleurs, avec un certain degré d'acuité, nous recommanderons l'application de larges vésicatoires. Ils devront mesurer 9 centimètres de hauteur sur 4 de largeur et être façonnés de manière à bien prendre la forme de la région mastoïdienne. On les entretient pendant tout le temps qu'on le juge utile. On rejettera les vésicatoires de petite dimension, parce qu'ils ne produisent qu'un effet très-peu sensible et ne servent qu'à occasionner de la douleur ; c'est ce qui a fait proscrire leur emploi par un grand nombre de médecins.

Les vésicatoires employés sur la nuque et les bras rendront également de bons services ; mais on ne devra en user que dans des cas tout à fait speciaux et rarement même.

On frictionnera la région mastoïdienne avecla pommade stibiée, en ayant soin d'éviter le sillon de la base du pavillon, et le malade cessera lorsque la pustulation sera suffisante (une fois tous les soirs au moment du coucher).

Nous considérons les cautères, les sétons appliqués sur la nuque comme des moyens trop douloureux, surtout quand le médecin tient à sa disposition beaucoup d'autres procédés d'une pratique plus simple et plus utiles au malade.

On usera des dérivatifs sur tout le tube intestinal : vomitifs, purgatifs ; des révulsifs sur les membres supérieurs et inférieurs : manuluves et pédiluves irritants.

Dans certains cas on s'attachera surtout à modifier la muqueuse naso-pharyngienne : 1° Par les gargarismes astringents, borax, alun, chlorate de potasse, etc., et les badigeonnages avec la teinture d'iode; 2° par les injections nasales faites avec de l'eau tiède légèrement salée, un mélange parties égales de lait tiède et d'eau; où bien, quand il y a fétidité de l'haleine et ozène, avec la préparation qui suit :

Acide phénique. . .	1 gr. 50
Alcool rectifié. . . .	50
Extrait de goudron.	25
Eau distillée.	125

Mettre une cuillerée à café dans dans un litre d'eau.

Voici le procédé à suivre pour faire convenablement une injection nasale : on se sert de préférence d'un irrigateur muni d'un long tube de caoutchouc, portant à son extrémité un embout dont la grosseur mesure à peu près le calibre de l'orifice des fosses nasales. On introduit cet embout dans l'une des narines, en ayant le soin de la tenir fermée bien exactement au moyen de la main gauche, l'autre narine reste ouverte ; le malade incline légèrement la tête en avant et pendant que de la main droite il ouvre l'appareil, il respire, la bouche ouverte. Le liquide qui entre par la narine où est introduit le tube ressort par l'autre, entraînant toutes les matières qui peuvent être contenues dans l'arrière-cavité des fosses nasales.

On aura encore recours à des badigeonnages dans l'intérieur des narines au niveau des cornets, avec la teinture de benjoin, le permanganate de potasse, le nitrate d'argent, la teinture d'iode.

Si les amygdales chez l'enfant sont trop volumineuses, on les enlèvera. On arrachera les dents cariées. Quand il existera une éruption d'eczéma ou d'impétigo, on badigeonnera les surfaces malades avec la pommade suivante :

Pyrélaïne de goudron. .	3 gr.
Soufre sublimé et lavé.	2 gr.
Camphre en poudre. . .	0 gr. 10
Axonge	30 gr.

On entretiendra la liberté du ventre par l'administration, tous les deux jours, de 10 centigrammes d'aloès en poudre, à prendre tous les soirs.

On prescrira également le calomel (10 à 15 centigrammes), le jalap (25 à 40 centigrammes), la poudre de Dower (60 centigr. à 1 gramme 50 c.).

Suivant les indications, le médecin saura choisir dans la nombreuse classe des purgatifs et des vomitifs la substance qui lui semblera préférable.

Traitement général. — Dans beaucoup de cas que le médecin seul saura apprécier, il sera indispensable de prescrire au malade un traitement général pour combattre l'affection dont la suppuration n'est souvent que l'expression.

Ainsi bon nombre de suppurations greffées sur des individus herpétiques, goutteux ou syphilitiques disparaîtront momentanément sous l'influence des deux premiers termes du traitement, c'est-à-dire direct et indirect, mais pour reparaître peu de temps après avec des caractères très-accentués. Il sera donc urgent de s'adresser directement à la maladie génératrice, herpès, goutte, syphilis.

La scrofule mérite plus particulièrement de fixer notre attention, parce que la majeure partie des suppurations, dont le jeune âge est atteint jusqu'à 16 et 25 ans, peut être considérée comme l'une de ses manifestations les plus fréquentes. Comme causes prédisposantes viennent ensuite : l'eczéma, l'impétigo, les inflammations naso-pharyngiennes chroniques, les fièvres éruptives, la fièvre typhoïde et la tuberculose.

A l'intérieur on donnera des préparations arsénicales contre la diathèse herpétique : solution de Fowler (4 à 25 gouttes); celle de Pearson (10 à 40 gouttes), granules arsénieux de 0,001 (2 à 10 par jour). Pilules de Dioscoride (5 à 15).

On prescrira également la préparation suivante :

Arséniate de soude ou d'ammoniaque.	0,10 centigr.
Sirop d'écorces d'oranges amères. . .	350 grammes.

(Prendre une ou deux cuillerées par jour.)

L'hygiène joue ici un très-grand rôle; on recommandera au malade l'habitation à la campagne, l'exercice modéré dans un air pur et sec, une alimentation substantielle composée de viandes rôties, de vins généreux.

On excitera la peau par des bains sulfureux, ou d'eau de mer.

L'oreille affectée devra toujours être garantie par un bourdonnet de coton contre les changements brusques de température. On évitera également, pendant le bain, de laisser pénétrer brusquement de l'eau dans le fond du conduit. Éviter les refroidissements et tout ce qui peut congestionner l'oreille.

Les préparations d'iode jouissent d'un crédit incontestable. On emploiera, comme le recommande Lugol, la teinture alcoolique à la dose de 4 à 40 gouttes ou bien encore l'iodure de potassium. On utilisera l'iodure de fer sous forme pilulaire à la dose de 0,20 centigrammes à 2 grammes.

L'iodure de potassium s'administre chez les enfants depuis quelques centigrammes jusqu'à 1 et 2 grammes dans une tisane de houblon ; chez les adultes on peut aller jusqu'à 4 grammes par jour.

On donnera concurremment l'huile de foie de morue, depuis une à six cuillerées par jour, chez l'enfant, et de une à douze cuillerées à soupe chez l'adulte.

On mettra en usage les toniques : le quinquina et ses préparations, la gentiane, le fer, pyrophosphate de fer et de manganèse, à prendre 0,10 centigrammes à tous les repas.

Le sirop de feuilles de noyer sera d'une grande utilité (4 grammes d'extrait, pour 300 grammes de sirop simple).

On aura recours aux eaux minérales :

1° Sulfureuses (Pyrénées, Aix), quand on aura des manifestations cutanées ;

2° Bromo-iodo-chlorurées (Kreuznach, Uriage, Salins), dans les cas d'affections osseuses, muqueuses. En hiver, prendre des bains chauds ; éviter les irritants des surfaces naso-pharyngienne et buccale tels que le tabac à priser, à fumer, à chiquer.

Porter constamment du coton dans ses oreilles.

Nous venons de parler des diverses substances et des moyens employés dans le traitement de la suppuration de la caisse ; il nous reste à en préciser l'emploi ; car cette affection, se présentant à l'état aigu et chronique, ne comporte pas un traitement uniforme dans les deux cas.

L'état aigu étant caractérisé par une réaction inflammatoire vive, par des douleurs quelquefois excessives, par des bourdonnements, on combattra ces divers accidents par la perforation artificielle du tympan, par les antiphlogistiques appliqués au pourtour de l'oreille, sur les membres et le tube digestif : vésicatoires, frictions stibiées, sangsues, bains de pieds sinapisés, vomitifs, purgatifs.

On modifiera ensuite le processus inflammatoire, on favorisera l'écoulement du pus par des injections d'eau tiède abondantes et renouvelées quatre ou cinq fois par jour. A cette période, le médecin surveillera la marche de l'affection, afin de ne pas la laisser passer à l'état chronique ; il emploiera les moyens thérapeutiques les plus aptes à modifier la membrane de la muqueuse de la caisse et à tarir la suppuration : instillations calmantes ou astringentes après chaque injection ; douches d'air ou de vapeur d'eau, de vapeurs médicamenteuses dirigées dans la caisse, à travers la trompe d'Eustache, au moyen du cathéter. Instillations médicamenteuses par la trompe d'Eustache, ou comme l'indique le Dr C. Miot, par la perforation au moyen d'une seringue spécialement disposée.

Insuffler diverses poudres. — On évitera autant que possible de cautériser les surfaces malades pendant cette période aiguë, à cause de la réaction trop vive qui pourrait survenir.

Dans l'état chronique, on favorisera l'écoulement du pus par de grands lavages, à la suite desquels on fera des instillations. La douleur n'existe plus alors, ou est presque nulle ; mais on observe deux autres phénomènes, les bourdonnements et la surdité. A l'état aigu, les bruits qui se produisent dans l'oreille ne sont autres que des bruits vasculaires, coïncidant avec les mouvements cardiaques, mais à mesure que l'on s'éloigne du début, ils changent de caractère, perdent leur rhythme et deviennent presque uniformes. Si le pus est fétide, badigeonner le fond de l'oreille avec la teinture d'iode pure ou le permanganate de potasse.

Toutes les fois qu'il se déclarera une recrudescence dans les phénomènes inflammatoires, employer les anti-phlogistiques et les révulsifs, ainsi que cela a été dit pour l'état aigu.

Il arrive quelquefois de rencontrer des cas très-rebelles à ces premiers soins. Il faudra alors s'enquérir si ces suppurations ne sont pas tenues sous la dépendance de causes ayant leur siège, soit dans la caisse du tympan elle-même, soit dans les tissus environnant cette cavité:

Quand l'exploration du conduit auditif externe et de l'oreille moyenne nous fera reconnaître la présence d'un corps étranger quelconque, notre premier soin sera de l'enlever. Si c'est, par exemple, un corps étranger venant du dehors, comme un gravier, un noyau de fruit, une boulette de coton, de papier, etc., nous nous servirons de petites pinces, dont les branches longues et grêles sont courbées à angle obtus sur les manches. On emploiera, du reste, tout instrument qui pourra s'accommoder à la circonstance.

On aura préalablement usé des irrigations d'eau tiède, dans le but d'entraîner ce corps. Si c'est une excroissance polypeuse, ayant son point d'implantation sur la muqueuse du conduit auditif externe ou sur la paroi interne de la caisse, on agira dans les deux cas d'une manière sensiblement analogue. Au moyen de l'écraseur, modifié par le Dr C. Miot, on enlèvera cette tumeur, en ayant soin de faire glisser le fil métallique le plus près possible du point d'implantation. On cautérisera ensuite la surface de section avec une solution de nitrate d'argent au 30e. On incisera les granulations d'un certain volume et on les badigeonnera avec la teinture d'iode, pure ou mitigée, ou bien encore avec le nitrate d'argent.

Quelquefois l'inflammation se propageant par continuité au tissu osseux déterminera sa suppuration et la formation d'un séquestre. Dans ces cas, on pratiquera de larges incisions, jusqu'à la surface osseuse et on favorisera l'élimination de ce corps étranger, ou bien, si cela est possible, on l'enlèvera au moyen d'instruments appropriés.

Les cellules mastoïdiennes sont quelquefois le siège d'un état phlegmasique concomitant, suivi de suppuration. On insistera surtout, dans ce cas, sur les révulsifs et les antiphlogistiques, appliqués au niveau de l'apophyse mastoïde. Quand l'inflammation sera trop violente et que la suppuration menacera de décoller le cuir chevelu, de ce côté de la tête, comme cela arrive quelquefois, on pratiquera des incisions jusqu'au périoste et on passera un séton. Dans les cas tres-graves, on se décidera à trépaner l'apophyse mastoïde.

On modifiera la diathèse herpétique et scrofuleuse, ainsi que nous l'avons indiqué. Il est cependant un autre état morbide, dont il faut tenir un grand compte, je veux parler de la syphilis. Sauf l'angine syphilitique, qui fait partie de la seconde période, on ne rencontre, du côté de l'organe de l'ouïe, que des lésions appartenant aux accidents tertiaires et qui se manifestent, aussi bien sur le nouveau-né, que sur l'adulte et le vieillard.

A ces derniers, on administrera : 1° Des potions iodurées, suivant le mode que j'ai déjà indiqué ;

2° Des préparations mercurielles : sirop de Gibert, une cuillerée à soupe tous les soirs ;

3° On fera des frictions narcotiques mercurielles sur l'apophyse mastoïde.

Chez les nouveau-nés : Liqueur de Van-Swieten, une cuillerée à café dans le lait, deux bains de sublimé par semaine, (0,25 à 1 gramme, alcool 10 grammes.) dans une baignoire en bois.

La suppuration étant sur le point de s'éteindre, on favorisera la cicatrisation de la membrane en excitant légèrement, tous les deux ou trois jours, les bords de la perforation avec le nitrate d'argent et la teinture de benjoin. Si cette ouverture est de très-petite dimension, elle se refermera facilement, surtout sur un sujet fort et robuste, exempt de toute affection diathésique. Il n'en est pas généralement ainsi chez celui dont la suppuration très-abondante et fétide a duré longtemps ; peu à peu les bords de la perforation se sont écartés par exulcération et c'est en vain que l'on tenterait de remédier à cette perte de substance. Souvent, même, on trouve le tympan détruit en totalité ou bien il n'en reste qu'une légère bande circulaire épaissie, d'un blanc opaque.

Pour modifier la surdité, qui est consécutive à la destruction, plus ou moins complète de la membrane du tympan, on a employé le tympan artificiel. Nous ferons remarquer que, quand la perforation s'est oblitérée, la surdité disparaît le plus souvent, comme aussi le malade peut encore entendre la conversation à une certaine distance, avec une destruction assez grande de la membrane du tympan.

Nous recommandons, ainsi que le pratique Yearsley, de maintenir, dans le fond de l'oreille, un bourdonnet de coton légèrement imbibé de glycérine, pendant quelques jours, après la terminaison de la suppuration; ensuite, on se contentera d'un bourdonnet mollement roulé et sec; il présente l'avantage de pouvoir être très-facilement renouvelé, de protéger l'oreille contre les variations brusques de la température, tandis que les divers autres tympans artificiels sont d'une application difficile et déterminent, quelquefois, la réapparition de la suppuration, par l'irritation qu'ils déterminent sur les parties avec lesquelles ils sont en contact.

Cette affection se rencontre à tous les âges, mais plus fréquemment dans la seconde enfance. Dans les premiers temps qui suivent sa naissance, l'enfant est beaucoup plus exposé, que par la suite, aux diverses variations atmosphériques qui exercent une influence fâcheuse sur l'appareil de l'audition.

L'adulte est plus rarement atteint, à moins d'une prédisposition spéciale ou d'un accident. Le vieillard est beaucoup moins exposé encore à ce genre de lésions, à cause des conditions particulières dans lesquelles se trouvent ses divers tissus.

Si cette maladie ne détermine pas souvent la mort, elle entraîne après elle deux phénomènes très-graves, les bourdonnements et la surdité, accidents qui peuvent cependant exister, indépendamment l'un de l'autre ; mais c'est bien rare. Dans ces conditions, la suppuration étant tarie, on continuera l'usage des douches balsamiques et d'éther acétique, afin d'obtenir une guérison complète.

En résumé, faire disparaître le processus inflammatoire au début, calmer la douleur, faciliter l'écoulement du pus, tarir la suppuration, favoriser la cicatrisation de la membrane du tympan et préserver enfin l'organe contre les récidives, telle sera la conduite du médecin, en présence d'une suppuration de la caisse du tympan.

Nous rapportons, à la fin de cet exposé, huit observations, ayant trait aux accidents qui se rencontrent le plus fréquemment dans la suppuration de l'oreille moyenne.

La première, qui nous concerne d'une manière toute particulière, puisque elle est l'analyse de l'affection que nous avons subie au mois de juillet 1872, représente la suppuration à l'état aigu et sub-aigu, avec une légère complication du côté des cellules mastoïdiennes.

Dans la deuxième, l'inflammation se propage à la peau du conduit auditif externe et en diminue le calibre. Accidents du côté de l'apophyse mastoïde. L'une et l'autre, comme la quatrième, sont survenues à la suite d'un refroidissement et d'un violent coryza.

Dans la troisième et la huitième, traces profondes d'un abcès s'étant ouvert au niveau des cellules mastoïdiennes.

Les cinquième et sixième sont la constatation de suppurations survenues à la suite de traumatisme.

La septième nous donne un exemple bien caractérisé de paralysie du nerf facial.

A cause de la division du sujet, il ne nous a pas été possible d'insérer commodément ces observations dans le texte. Nous aurions désiré aussi en produire beaucoup d'autres qui, bien qu'incomplètes, n'en relatent pas moins certains accidents particuliers, survenus dans le cours de l'affection, mais le cadre que nous nous sommes tracé ne comporte pas tous les développements que contiennent des ouvrages plus autorisés,

Ce travail, nous l'avons basé sur l'observation directe du malade et grâce au bienveillant concours du Dr C. Miot, il nous a été donné de pousser plus avant notre étude, dans cette partie de la science médicale.

OBSERVATIONS

Obs. I. — Santé ordinaire bonne. Vers l'âge de cinq ans écoulement purulent de l'oreille gauche (je ne pourrais cependant bien préciser si c'est la gauche ou la droite), fièvre typhoïde à l'âge de 15 ans, à la suite de laquelle j'ai eu une certaine dureté de l'ouïe, accident qui a insensiblement disparu.

Lundi, 15 juillet. Je fus pris subitement dans l'après midi d'un violent mal de tête ; la douleur était principalement localisée dans toute la région frontale. Je ressentis quelques frissons, vomissements. Pouls plein et fréquent.

Bain de pied sinapisé. Diète. Vers les dix heures du soir : pilule d'opium de 0,05. Nuit assez calme.

Le lendemain, souffrant à peine, je commis l'imprudence de sortir ; la température s'était refroidie depuis quelques jours, le temps était humide ; j'endurai sur tout le côté droit de la tête un courant d'air froid pendant vingt minutes environ.

Dans la soirée même, la céphalalgie reparut et se localisa dans tout le côté droit de la tête. J'étais atteint de coryza. Pendant quatre ou cinq jours il se fit par les fosses nasales un écoulement séreux très-abondant ; le 1er août la muqueuse nasale reprenait à peu près ses fonctions normales. L'arrière-gorge, le fond de l'oreille droite étaient le siége de douleurs très-vives qui cessèrent presque complètement, au moment où parut par le conduit auditif externe un écoulement analogue ; cette sérosité se troubla peu à peu et passa à l'état de pus louable. Cette suppuration durait déjà depuis quelque temps et la surdité allait croissant, quand je m'adressai au Dr Miot.

Le 16 août 1872, le Dr Miot m'agrandit la perforation pathologique ; à la suite la suppuration semble être plus abondante. Les douleurs sus-orbitaire et mastoïdienne surtout reparaissent fréquemment. La région droite du cou est également douloureuse.

Les bourdonnements ont commencé vers le 22 ou le 23,

leur timbre et leur caractère variaient dans les vingt quatre heures. Pendant la nuit, la position horizontale en augmente l'intensité. J'estime que la perforation date du 28 juillet au 1er août. Les bourdonnements sont alors moelleux, forts, prolongés; on pourrait les comparer aux bruits de souffle que l'on rencontre dans certaines affections cardiaques. Ils correspondent à la systole et à la diastole ventriculaire. Par la compression des carotides le souffle disparaît.

Traitement. — Injections émollientes abondantes.

Instillations avec :

Sous-acétate neutre de plomb.	2 gr.
Eau distillée.	100 »

Injection dans la caisse, à travers la perforation, d'une solution de chlorure de zinc (tous les deux jours).

Le 26. Depuis le 23, les douleurs siégeant dans la région mastoïdienne et le long du cou se sont peu à peu accentuées. La névralgie sus-orbitaire droite présente de l'intermittence.

Le 27. Douleurs persistantes qui empêchent les mouvements de latéralité de la tête. L'application sur l'apophyse mastoïde de sinapismes Rigollot ne produit aucune amélioration.

Nuit du 27 au 28, agitée.

Le 28. Injection potassique dans la caisse du tympan : mêmes symptômes. Injections (3 ou 4).

Perforation artificielle du tympan au-dessus de la perforation pathologique, la première s'étant refermée. Il y a un écoulement de pus considérable. Il est grumeleux, plus liquide, sans odeur.

Application de trois sangsues sur la région mastoïdienne. Amendement des symptômes après cette application. Injections d'eau tiède abondantes.

Le bruit de souffle est moins fort mais plus clair, surtout au premier temps qui couvre en partie le second.

Le 29. Journée assez agitée. Application dans la soirée de trois sangsues sur la région mastoïdienne. J'ai favorisé l'écoulement du sang par l'application d'un cataplasme. Disparition de la douleur. Bruit de souffle diminué. Encore quelques légères douleurs du côté droit de la tête et du cou. Pouls régulier.

Irrigation dans l'oreille pendant la journée.

Le 30. Amélioration très-sensible.

Le 31. 1er, 2 et 3 septembre à peu près même état. Application le 3 d'un vésicatoire sur la région mastoïdienne. Gonflement et rougeur de la peau du conduit auditif externe.

Injections avec un mélange de décoction de têtes de pavot et de feuilles de ronces (4 à 6 fois par jour).

Le 4. Les derniers accidents ont disparu.

Le 5. Irrigations continuelles avec l'infusion de feuilles de ronces et la décoction de têtes de pavots. Grande sensibilité du conduit ; introduction du spéculum douloureuse.

La suppuration a diminué des deux tiers. Le pus sort par l'injection en petites masses floconneuses.

Le 6 et le 7. Injections auxquelles j'ajoute 0,50 centigr. d'alun ou de borax alternativement.

Rougeur de l'arrière-gorge : gargarisme avec le borax. Iodure de potassium à l'intérieur.

Le 8 et le 9. Suppuration presque nulle. Par le procédé de Valsalva l'air qui passe à travers la perforation détermine un bruit clair et bien délimité, tandis qu'auparavant il ressemblait à un bouillonnement, à des bulles venant crever à la surface d'un liquide assez dense.

Décoction de têtes de pavots avec infusion de feuilles de ronces additionnée d'un gramme de borax pour chaque injection (8 ou 4 par jour).

Rougeur de la gorge : gargarisme au chlorate de potasse.

Le 10. La suppuration est presque nulle, un stylet garni de coton est introduit dans le fond du conduit, en contact avec la membrane du tympan au niveau de la perforation et ramène un peu de pus filant et collant au doigt.

Crâne droit. Bon.
Or. droite 0,15 cent.

Quand j'ai employé le procédé de Valsalva avant la première irrigation, l'air est arrivé dans la caisse ; la membrane a été déprimée en dehors ; mais il n'a pas passé à travers la perforation ; ce n'est qu'après avoir humecté le fond du conduit et la membrane que l'air, sous des efforts même considérables, est passé à travers la perforation et produit un petit bruit clair de piaulement.

Les 11 et 16. L'ouïe reparait graduellement. La suppuration est terminée. Par le procédé de Valsalva j'obtiens un sifflement dénotant que les lèvres de la perforation sont encore humides.

Les 17, 18, 19 et 20. La sensibilité exagérée du conduit a cessé. D'un côté à l'autre de la chambre j'entends le tic-tac de la pendule. La perforation est fermée. Je continue les injections au borax.

Les 23, 25 et 28. La perforation s'est ouverte de nouveau et l'air détermine un bruit sec de sifflet.

Le 30. La perforation s'est définitivement refermée, Trois fois par jour j'emploie le procédé de Valsalva. Coton dans l'oreille. Oreille droite, 0,59 centim. à la montre.

Le tic-tac est entendu, mais ce bruit est voilé ; progressivement il devient clair et l'audition se rétablit. Distinction du timbre métallique du tic-tac de la pendule.

Obs. II. (Recueillie par nous au dispensaire du D[e] C. Miot).

Mlle N..., 20 ans, polisseuse, jouit d'un bon tempérament, elle est brune. Son oreille gauche est le siége d'un écoulement purulent. Antérieurement elle n'a jamais souffert de ses oreilles, très-rarement elle a eu des coryzas.

Elle nous raconte qu'il y a un mois environ, à la suite d'une promenade, étant en transpiration elle s'est exposée à un violent courant d'air. Elle a éprouvé du froid et quelques frissons. Le lendemain elle souffrait de la gorge et elle éprouvait trois jours après des douleurs dans l'oreille gauche. Le mal de gorge dura huit jours environ et celui d'oreille trois jours, mais très-violent. Les parties environnant l'oreille étaient très-douloureuses. Au bout de ces trois jours d'élancements dans le fond du conduit, quand il parut un écoulement par le conduit auditif externe, la douleur diminua beaucoup d'intensité ; le liquide, d'abord rose, s'épaissit peu à peu ; il ne présentait pas d'odeur sensible.

25 avril 1871. A l'examen de cette malade, on trouve un pus d'un blanc laiteux qui possède une odeur assez prononcée. Douleur gravative continue, présentant par moments des exacerbations. Il se produit sans intermittences un bruit de tic-tac qui n'est pas modifié par la pression exercée sur les carotides ; il augmente par la fatigue. Au niveau de l'apophyse il existe de la douleur avec un peu d'empâtement de la région.

Le conduit auditif externe est déformé, rétréci ; la peau du conduit épaissie. Après le pansement, le tympan offre un aspect rosé ; la perforation est petite et située vers la partie centrale en avant du manche du marteau ; le triangle lumineux est effacé. Le pus qui remplit la cavité de la caisse est doué d'un mouvement isochrone aux pulsations artérielles ; par le procédé de Valsalva il s'écoule au dehors à travers la perforation et provoque pour la malade la sensation d'un léger bouillonnement et parfois d'un piaulement. Il existe une certaine ardeur dans le fond de la gorge.

La perception crânienne est nulle dans toute l'étendue du côté gauche. La montre, appliquée sur l'oreille est entendue très-foiblement au contact.

Cr. g. O.
Or. gr. très-faible au contact.

La conversation ordinaire est cependant assez bien suivie, bien que la malade fasse répéter quelquefois.

Traitement. — 1° Appliquer trois sangsues derrière l'oreille gauche.

2° Trois fois par jour ou quatre, injection d'un demi-litre d'eau tiède dans l'oreille gauche.

3° Se gargariser avec l'eau de goudron.

4° Maintenir dans l'oreille un bourdonnet de coton enduit de cérat saturné.

5° Tous les trois jours prendre, au moment du repas, gros comme un pois d'aloès.

6° Boire de l'eau ferrée.

Le 27. L'écoulement est encore abondant et les douleurs mastoïdiennes persistent. Le bruit de tic-tac se modifie e prend les caractères d'un bourdonnement continu.

Traitement. — 1° Insufflation de solution de potasse caustique dans la caisse au moyen du cathéter.

2° Deux sangsues sur l'apophyse mastoïde.

3° Agrandissement de la perforation pathologique.

Le 29. 1° Insufflation de potasse caustique (solution) dans la caisse.

2° Application d'un vésicatoire volant derrière l'oreille gauche. La suppuration a beaucoup diminué (bruits persistants).

5 mai. La suppuration de l'oreille gauche est tarie. L'inflammation mastoïdienne augmente. Les bruits diminuent d'intensité. Depuis l'application du vésicatoire la malade accuse de violentes douleurs dans la région mastoïdienne.

Incision de la peau du conduit qui est notablement rétréci et des tissus qui recouvrent l'apophyse mastoïde. Il s'écoule des incisions du pus et du sang. Nuit agitée.

Le 6. Les douleurs sont tombées. Nuit meilleure.

Traitement. — Application d'un nouveau vésicatoire. Instillations fréquentes de pavot et borax.

Le 11. Le lendemain de l'opération il s'est écoulé une grande quantité de pus par le conduit auditif externe et par l'ouverture faite à la région mastoïdienne.

Cr. g. Bon.
Or. g. 2 centim. 1/2

Le tympan gauche à l'aspect d'une surface lisse mais mamelonnée inégale. La suppuration a complètement cessé, plus de douleurs. Par le cathétérisme on entend le claquement partiel de la membrane.

Traitement. — 1° Continuer les instillations de borax et de pavot.

2° Maintenir dans l'oreille un bourdonnet de coton enduit de cérat saturné.

3° Appliquer un vésicatoire derrière l'oreille gauche.

4° Remplacer l'aloès par les pilules de *Podophyllin ;* une tous les deux ou trois jours, selon l'effet produit.

Le 15. Ni la suppuration ni les douleurs n'ont reparu. Les bourdonnements continus sont presque insensibles (léger bruit de chute d'eau) ou de jet de vapeur.

Toute la moitié antérieure du tympan est d'un gris terne, couverte de pellicules blanchâtres. Hyperémie faible dans les 2/3 postérieurs se confondant avec la paroi du conduit.

Le manche du marteau est vertical vu en raccourci. Il se dessine sous la forme d'une ligne blanchâtre.

La malade entend bien la voix de la conversation ordinaire.

Cr. g. Bon.
Or. g. 0,08 centim.

1° Maintenir du coton dans l'oreille ; 2° employer deux fois fois par jour le procédé de Valsalva ; 3° gargarisme au borax. La guérison est complète.

Obs. III (recueillie aussi au dispensaire du Dr C. Miot. — N... (Antoine), âgé de 21 ans, employé du télégraphe. Malade depuis l'âge de 5 ans, à la suite d'une fièvre contractée en Afrique. Ecoulement de pus par l'oreille gauche et tumeur derrière le pavillon. Deux ou trois mois après le début de l'affection, la tumeur a été incisée largement par un médecin militaire. Il reste une cicatrice longue de 2 centimètres et demi, obliquement dirigée de haut en has et d'avant en arrière. A son niveau, il existe une dépression qui dénote une perte de substance dans les cellules mastoïdiennes. La pression ne réveille aucune douleur. Le malade ne se souvient pas très-bien du traitement qui lui a été appliqué. Il mentionne des injections répétées et des bourdonnets de coton imbibés d'un liquide.

La plaie située au niveau de l'apophyse mastoïde s'était refermée après certaines intermittences au bout de quinze mois, tandis que l'écoulement par l'oreille avait duré deux ans environ. Il ne resta alors que la surdité et les bourdonnements.

Arrivé à Paris au mois de mars 1874, la suppuration a recommencé au bout de huit à dix jours. Aucun traitement n'a été suivi cette fois. Depuis le 1er juin environ, le malade ressent des douleurs qui, par moments sont très-violentes et durent quelquefois un quart d'heure. Elles sont profondes en arrière du lobule, et souvent les mouvements du maxillaire inférieur les réveillent. Cette recrudescence est survenue sans cause appréciable. Les douleurs surviennent surtout pendant la nuit.

Il existe une légère paralysie faciale ; les traits sont déviés à droite.

L'oreille laisse écouler du sang depuis le mois de mars.

Crâne gauche, O.— Oreille gauche, O.—La gorge est très-hyperémiée.

8 juin 1874. Traitement : Deux instillations avec :

1° Borax	2	grammes.
Acide phéniqne cristallisé.	0.10	cent.
Alcool camphré	5	grammes.
Eau distillée	120	—
2° Iodure de potassium	5	—
Eau distillée	200	—

Prendre une cuillerée à café le matin dans une infusion de feuilles de noyer.

3° A chaque repas, prendre 5 centigrammes de phosphate de fer et de manganèse (porter progressivement la dose à 0.20).

4° Un bain sulfureux chaque semaine.

5° Vésicatoire volant derrière l'oreille.

La suppuration est faible, sensible, surtout le matin, au moment du lever.

La perforation existe à la partie antéro-supérieure au niveau du cadre osseux.

L'apophyse externe du manche du marteau est rouge ; le manche est invisible ; le reste de la membrane est épaissi, blanchâtre ; les bords de la perforation sont tuméfiés et forment un relief rougeâtre.

12 juin. L'oreille ne coule plus ; les douleurs sont toujours vives ; les bourdonnements persistent. Il existe un léger suintement sur la muqueuse de la caisse qui est rosée.

Traitement : continuer les instillations ; cesser les injections ; laisser sécher le vésicatoire ; coton dans l'oreille employer deux fois par jour le procédé de Valsalva.

Le 15. Le malade n'éprouve plus de douleurs ; guérison.

Obs. IV (j'ai recueilli cette observation auprès d'une malade qui a bien voulu suivre mes prescriptions).

Agée de 20 ans, elle jouit en général d'une bonne santé. Antérieurement, elle n'a jamais eu aucune affection du côté de l'organe de l'ouïe ; son ouïe ne laisse rien à désirer. Elle est sujette aux coryzas, surtout pendant l'automne et l'hiver, ils sont en général assez violents et s'accompagnent de fièvre Elle éprouve souvent des maux de gorge et très-fréquemment des démangeaisons dans le fond du conduit, surtout du côté gauche.

J'apprends que le 12 septembre, elle a été prise d'un coryza très-intense accompagné de fièvre, céphalalgie vive et même de délire léger. Des douleurs dans l'oreille gauche se sont montrées dans la nuit du 12 au 13 ; elles étaient violentes et la fièvre avait augmenté.

Le dimanche 14, je vis la malade ; elle souffrait moins et la fièvre était un peu tombée. Dans la nuit de dimanche à lundi, l'oreille gauche laissa échapper par le conduit auditif externe un liquide séreux. Alors les douleurs cessèrent presque complètement, revenant par intervalles et perdant graduellement de leur intensité.

Lundi 15. Dans la journée du lundi, la malade est agitée : elle accuse de la céphalalgie. La nuit cependant a été calme, surtout en comparaison des précédentes où il y avait insomnie presque complète. L'écoulement est plus considérable, plus consistant et d'un jaune citrin.

Traitement : 1° Gargarisme avec eau tiède et laudanum.
— 2° Quatre injections d'eau tiède dans la journée.
— 3° Eau de Pullna.

Mardi 16. Plus de douleur ; parfois quelques élancements. L'écoulement est à peu près le même que la veille. La malade n'entend que difficilement.

Cr. G., O
Or. G. au contact.

La montre appliquée sur le côté gauche du crâne n'est pas entendue, et les bruits sont perçus seulement quand elle est au contact avec l'oreille gauche.

Par le procédé de Valsalva, l'air ne passe pas dans la caisse gauche ; la gorge est rouge.

Traitement : Injections d'eau tiède dans l'oreille gauche.

Mercredi 17. 1° Gargarisme au chlorate de potasse (quatre fois dans la journée).

2° Purgatif : sel de Seignette (action assez énergique).

3° Injections d'eau tiède et laudanum,

Les douleurs et l'écoulement disparaissent ; apparition de bourdonnements (bruit de chute d'eau) ; ces bruits sont vasculaires, correspondant aux pulsations artérielles et diminuent quand on comprime les carotides.

Jeudi 18. Une légère douleur a reparu ; l'écoulement est brusquement tari ; bourdonnements continuels.

1° Bain de pieds sinapisé. La surdité a augmenté.

Cr. G..... O
Or. G..... O

La perforation qui était petite et en avant et en bas du manche du marteau s'est refermée.

Vendredi 19. Un peu d'augmentation ou d'aggravation des symptômes : application de 3 sangsues derrière l'oreille gauche, suivie de la diminution des bourdonnements (bruit de jet de vapeur).

Céphalalgie frontale assez vive.

Gargarisme au chlorate de potasse.

Cr. G. assez bon.
Or. G. au contact.
Gorge légèrement hyperémiée.

Samedi 20. Bourdonnements diminués ; quelques élancements dans l'oreille ; pesanteur de tête ; sensation d'oreille bouchée ; hyperémie de l'arrière-gorge.

Gargarismes ; bains de pieds sinapisés.

Dimanche 21. Tous ces phénomènes vont en diminuant les jours suivants et la malade recouvre peu à peu les fonctions de son organe.

Obs. V (dispensaire du Dr C. Miot). — Mlle C..., âgée de 19 ans ; à la suite d'une chute dans l'eau,est prise d'un écoulement purulent de l'oreille gauche qui dure huit jours. L'accident date de trois ans environ, et, depuis cette époque, elle est sourde de cette oreille. L'écoulement a reparu il y a quatre jours ; il est peu abondant ; la malade accuse des bourdonnements qu'elle compare à un frôlement. Elle a éprouvé quelques démangeaisons dans le fond du conduit, et la sensation d'oreille pleine.

29 mai. 1° Injections d'eau tiède dans l'oreille ; un demi litre matin et soir.

2° Instillations avec 2 grammes de borax pour 100 grammes d'eau

3° Coton dans l'oreille.

1er juin. Glycérine, 30 grammes.

— Borax, 1 gramme.

— Des instillations matin et soir.

Le 3. 1° Appliquer 4 sangsues derrière l'oreille (faire saigner moyennement.

2° Matin et soir, boire un verre d'eau d'Uriage en se gargarisant.

3° Injection nasale au moment du coucher (un demi litre d'eau tiède légèrement salée).

Le 12. La suppuration est tarie. Encore il existe un léger suintement séreux qui arrive dans ce conduit par un petit pertuis situé à la partie postéro-postérieure.

Douche balsamique et instillation dans la caisse au moyen du cathéter de 3 à 4 gouttes de la solution de potasse de caustique.

Bromure de potassium. 3 grammes.
Eau de tilleul......... 150 —

A prendre matin et soir une cuillerée à soupe.

Les bourdonnements ont disparu ; guérison ; la malade entend bien.

Obs. VI (due à l'obligeance du Dr Miot). *Suppuration de la caisse du tympan gauche, avec complications du côté de l'apophyse mastoïde.*

Le nommé P... (Émile), âgé de 24 ans, d'un tempérament sanguin, vient le 24 juillet réclamer les soins du Dr C. Miot. Ce malade raconte, qu'il y a six semaines, en sautant dans l'eau, les pieds les premiers, il a ressenti une douleur vive et instantanée; elle a persisté ainsi pendant vingt minutes environ, puis elle a cessé pour reparaître de nouveau dans la nuit qui a suivi l'accident.

24 juillet. Il se plaint de douleurs très-vives dans l'oreille gauche; il est privé de sommeil; il a de la fièvre; sa bouche est pâteuse; sa soif vive et son appétit nul. La peau de la région mastoïdienne est rouge, épaissie, douloureuse. Le maxillaire inférieur fortement appliqué contre le supérieur ne peut plus effectuer ses mouvements.

Cr. G. faible. — Or. G. O.

Application de 5 sangsues à l'apophyse mastoïde.

Les 25 et 26. Douleurs vives continuelles, et surtout au niveau de l'apophyse mastoïde; insomnie; suppuration de l'oreille gauche.

Le 27. La peau de la région mastoïdienne assez pâle. Application d'un large vésicatoire sur l'apophyse mastoïde. Toute la partie située en arrière et immédiatement au-dessous du lobule est tuméfiée et très-douloureuse. Abcès en voie de formation. Les douleurs dans l'oreille sont à peine sensibles, tandis qu'elles persistent au niveau de l'apophyse mastoïde.

Le 28. Cette nuit, beaucoup plus de douleurs que la précédente.

Vésicatoire derrière l'oreille.

Liniment laudanisé dans l'oreille.

Bains de pieds sinapisés.

Tisanes rafraîchissantes.

Le 29. Hier, pas de douleurs dans l'oreille ni à l'apophyse mastoïde; suppuration de l'oreille presque nulle; la bouche n'est plus pâteuse; la soif est bien moindre; les symptômes fébriles se sont amendés.

Le vésicatoire ayant peu pris, j'en ai fait remettre un de la même grandeur et à la même place.

Dès le début, le malade a fait des instillations, des injections d'eau tiède dans l'oreille; il a pris des bains de pieds sinapisés.

A l'intérieur : iodure de potassium, 4 grammes pour 150 grammes d'eau, à prendre, tous les matins, une cuillerée à café dans une tasse d'infusion de feuilles de noyer.

1er août. Cr. g. Bon. — Or. g. 0,10 centim.

La perforation est refermée. Je perfore de nouveau la membrane, sa couche cutanée est encore épaissie; il n'y a plus de liquide dans la caisse; pas de douleurs; le gonflement du cou a diminué de moitié.

Le 3. Plus de douleurs; de légers battements et quelques douleurs après être monté rapidement jusqu'au sixième étage.

Or. g., 11 centim. Le tympan est grisâtre et présente encore des reflets rosés manifestes sur toute sa surface. Suppuration complètement tarie.

Le 4. On commence à deviner la direction du manche du marteau. Or. g., 0,17 centim.

Le malade ne souffre plus et il entend de mieux en mieux.

Frictions sur l'apophyse mastoïde à la pommade iodurée.

Le 10. Or, g., 0,30 centim. L'amélioration continue.

Le 20. La guérison est complète.

Obs. VII (due à l'obligeance du Dr Miot). *Suppuration aiguë de la caisse. — Abcès sous-périostéique. — Paralysie du nerf facial. — Guérison.*

Le malade qui fait le sujet de cette observation, habite Mareuil-sur-Ourques (Oise); il a été envoyé au Dr Miot, par son confrère le Dr Laffite, de la Ferté-Milon, le 24 août 1871.

Ce malade, rapporte le Dr C. Miot, est affecté d'une surdité de l'oreille gauche depuis sept à huit mois. Depuis près de deux mois il est survenu dans cette oreille des douleurs qui, d'abord légères, ont augmenté peu à peu, sont devenues très-aiguës et ont été suivies d'un écoulement purulent, il y a six semaines.

Depuis un mois environ, le malade souffre à ce point qu'il a perdu presque complètement tout sommeil.

Les douleurs siégent au fond de l'oreille, s'irradient dans tout le côté gauche de la tête, et augmentent beaucoup lorsque le malade fait mouvoir sa maxillaire inférieure.

Examen du malade. — L'exploration fonctionnelle de l'oreille gauche me donne les notions suivantes : La montre appliquée sur les régions mastoïdienne, pariétale et sur le pavillon de l'oreille au niveau du méat, n'est pas entendue ; elle l'est au contraire, lorsqu'on la met en contact avec la fosse temporale et la région frontale.

L'oreille droite fonctionne bien.

Exploration physique. — Le pavillon est normal, mais un peu douloureux à la pression. Il sort de l'oreille gauche un pus abondant, fétide, blanc grisâtre. Après avoir débarrassé le conduit de ce produit morbide, j'examine l'oreille externe au moyen de mon spéculum otoscope, et j'aperçois une surface convexe, granuleuse, d'une coloration rouge assez foncée dans ses deux tiers supérieurs et d'une teinte moins vive dans son tiers inférieur. Cette surface est celle d'un abcès sous-périostique volumineux ; et la touchant et en la déprimant avec un stylet on sent qu'elle est mobile. Cette tumeur qui est rouge, arrondie, remplit tout le conduit à cause du gonflement de la peau et des tissus sous-jacents. Une pression exercée sur elle détermine des douleurs si vives que le malade se lève brusquement, se promène vivement dans la chambre et se plaint. Deux fois je répète la même tentative et deux fois les mêmes phénomènes se reproduisent.

Exploration de l'oreille moyenne. — La trompe d'Eustache, assez large, renferme du liquide ainsi que la caisse. Au moment où l'on insuffle de l'air dans la trompe au moyen de la sonde, on entend, dans le conduit un gargouillement et un sifflement qui révèlent l'existence d'une perforation du tympan. La peau qui recouvre l'apophyse mastoïde est un peu rouge, tendue, luisante ; les tissus sous-jacents sont légèrement œdématiés. La bouche est fortement déviée à droite.

Cet examen me permet de poser le diagnostic suivant : suppuration aiguë de la caisse, abcès sous-périostique de la paroi postérieure de la portion osseuse du conduit auditif externe, paralysie du nerf facial gauche, extension du processus inflammatoire aux cellules mastoïdiennes.

Comme les douleurs augmentent chaque jour, que le malade est très-anémique, amaigri, déprimé et souffre horriblement, je considère l'opération comme urgente et la pratique le 30 avril 1871, en présence du Dr A. Miot et de M. Oscar Cadiat, interne des hôpitaux, qui me prêtent leur concours pour chloroformiser le malade.

J'enlève le pus qui remplit l'oreille externe, je place mon écraseur parallèlement à la paroi antérieure, et après avoir entouré la tumeur avec l'anse métallique, j'en fais la section.

Le volume de la tumeur a beaucoup diminué, mais les tissus des parois postérieure et supérieure étant encore le siége d'une tuméfaction assez considérable pour faire craindre le retour des douleurs, je les incise profondément sur trois points différents.

Il s'écoule de l'oreille une certaine quantité de sang dont je facilite la sortie en empêchant les caillóts de séjourner dans le conduit auditif externe

Pendant ce temps le malade se réveille sans avoir ressenti des douleurs appréciables. Le soir, je le revois, il est encore un peu alourdi par suite de l'administration du chloroforme.

31 août. Le malade a bien dormi. Il n'a pas souffert. Il est plus gai.

2 septembre. Même état. La soif est un peu vive. Gonflement et rougeur de la région mastoïdienne moins considérables. La paralysie du nerf facial diminue.

En examinant l'oreille externe on voit du pus abondant, mal lié, et un mamelon charnu dont la large base correspond à la paroi postérieure du conduit près du tympan. Je cautérise cette paroi avec une solution concentrée de chlorure de zinc.

3 septembre. Le malade a un peu souffert. Suppuration diminuée.

6 septembre. La paralysie du nerf facial n'existe plus. Les douleurs ont cessé. Le malade dort bien; il a bon appétit, ses forces reviennent.

Perception crânienne. — La montre appliquée sur le côté gauche de la tête est bien entendue; placée au niveau du méat elle est entendue à un demi-centimètre.

16 septembre. Depuis ma dernière visite, le malade n'a ressenti aucune douleur, son appétit, ses forces croissent lentement. Suppuration moins abondante.

La région mastoïdienne n'est plus douloureuse; la perception auriculaire s'améliore; ce progrès continuera à mesure que la suppuration et l'hyperémie diminueront.

Toutes les fois que la caisse du tympan suppure, il y a une surdité qui dépend des trois causes énoncées :

1° L hyperémie de l'organe.

2° Les modifications causée par le processus morbide.

3° Les matières étrangères (pus, pellicules, etc.), qui obstruent ce conduit auditif externe et l'oreille moyenne.

L'audition augmente d'autant plus que l'hyperémie de l'organe et les modifications pathologiques disparaissent, mais il est fréquent de la voir diminuer. Au bout d'un certain temps, à cause de la sécheresse des tissus, véritable sclérose qui nuit au mouvement des membranes (tympan et membrane de la fenêtre ronde) et des articulations. Cette sclérose parcourt lentement ses diverses phases.

En résumé, d'après la marche de la maladie, on peut dire, pour en donner une idée générale, que ce malade était affecté d'une inflammation chronique de la trompe d'Eustache, qui avait peut-être envahi une partie de la caisse. Dans cette disposition, l'organe a été atteint par une inflammation aiguë; le muco-pus s'est accumulé dans la caisse, a largement perforé le tympan et s'est écoulé au-dehors. L'inflammation, s'étendant au loin, a envahi le nerf facial et commençait même à gagner les cellules mastoïdiennes. Quant à la tumeur polypiforme et à l'abcès sous-périostique, ils se sont développés sous l'influence du processus inflammatoire. Ces tumeurs ayant pris une grande extension ont fermé presque complètement le conduit auditif externe, et se sont opposées à la libre sortie du pus qui a augmenté l'hyperémie de l'organe et les douleurs, par son séjour prolongé dans l'oreille moyenne.

D'après cet exemple, et d'autres que je pourrais citer, on doit établir le plus tôt possible le cours libre du pus, en enlevant ou en perforant toute tumeur qui obstrue le conduit, et scarifier profondément les tissus.

En détruisant l'étranglement, ces modifications des tissus mous, qui tapissent la paroi osseuse du conduit auditif externe, produisent une amélioration beaucoup plus rapide que les émissions sanguines.

Obs. VIII, Du Dr A. Garrigou-Désarènes, que nous avons recueillie dans l'*Indépendance médicale.* du 15 février 1871.— *Carie de l'apophyse mastoïde et du rocher, suites découlements de l'oreille.*

Louise L. ., âgée de 19 ans, se présente à mon cabinet le 8 juin 1869. Sa mère qui l'accompagne me dit que sa fille, jouissant jusqu'alors d'une bonne santé, fut atteinte à l'âge de 8 ans d'une fièvre muqueuse pour laquelle elle garda le lit plus d'un mois; à la fin de cette maladie, son oreille gauche commença à couler, sans que cet écoulement ait provoqué pour se produire de grandes douleurs.

On fit alors des injections avec l'eau de guimauve. Depuis ce moment l'écoulement cessait de temps en temps, pour reparaître ensuite, l'audition, me dit la malade, ne tarda pas à être presque abolie.

A l'âge de 15 ans, à la suite d'une impression du froid, des douleurs vives se manifestèrent dans tout le côté gauche de la tête, l'écoulement était alors fort peu abondant, il se supprima même tout à fait; mais l'apophyse mastoïde devint très-douloureux. Il y eut bientôt un gonflement considérable de cette région, puis une fluctuation s'étant manifestée, le médecin ouvrit un abcès, d'où il sortit beaucoup de pus.

Lorsque la malade se mouchait, quelques bulles d'air apparaissaient, mélangées au pus, qui continua dès lors à s'écouler par cette fistule osseuse. Peu de jours après, l'écoulement eut lieu par le conduit auditif et par l'ouverture mastoïdienne simultanément. Les douleurs, certains jours très-vives, jusqu'à empêcher souvent la malade de dormir, continuèrent dans toute la région temporale.

Lorsque je vois la malade, je constate un tempérament lymphatique; la face pâle; un état général peu satisfaisant. Elle se plaint de tousser souvent, cependant je ne trouve rien du côté des poumons. Les règles dont la marche n'est pas très-régulière ont paru à 17 ans.

Les parents sont tous deux vivants et se portent bien.

Je trouve en examinant la région malade une ouverture assez large, siégeant à la partie moyenne du pli formé par la réunion du pavillon de l'oreille et de la peau recouvrant l'apophyse mastoïdienne du côté gauche.

Du pus et un peu de sang mélangés s'écoulent par ce trou et par l'oreille. Je pousse avec un petit irrigateur de l'eau tiède dans le conduit auditif et celle-ci sort le long de la canule et en arrière de l'oreille en entraînant du pus sanguinolent.

En examinant alors l'intérieur de l'oreille avec la lumière de mon otoscope parabolique, je constate une large perforation du tympan.

La chaîne des osselets est rompue; la moitié inférieure du manche du marteau et la longue branche de l'enclume n'existent plus, l'étrier est en place.

La muqueuse qui tapisse la caisse est très-rouge, tuméfiée à sa partie antérieure. On voit quelques bourgeons charnus, gros comme des têtes d'épingle, qui saignent lorsqu'on les touche, même avec un petit stylet en papier roulé et recouvert de ouate.

Le conduit auditif externe est rouge; à sa partie supérieure la peau est tuméfiée; meis je n'aperçois pas sur son trajet la communication avec la fistule osseuse.

En introduisant un stylet en argent par l'ouverture située derrière le pavillon, il s'engage dans un trajet allant un peu d'arrière en avant, et je sens les lamelles des cellules mastoïdiennes ramollies.

Pratiquant moi-même un précepte que je ne cesse de recommander, je retire le stylet, craignant d'amener une communication avec le sinus transverse.

Il existe un trajet entre la caisse et l'extérieur à travers l'apophyse mastoïde. J'ordonne d'injecter trois fois par jour avec une seringue, dont la canule est terminée par un tube en caoutchouc, gros comme une plume de pigeon, le liquide suivant :

Eau.	100 gr.
Iodure de potassium. . . .	1
Teinture d'iode	4

Je pratique moi-même de suite une de ces injections; le liquide vient sortir par le conduit auditif. Ce traitement est suivi pendant huit jours; à l'intérieur, je fais prendre par jour, deux cuillerées à soupe du sirop d'iodure de fer.

Au bout de ce temps, il existe moins de tuméfaction de la région mastoïdienne et les douleurs n'ayant pas augmenté, je fais porter la quantité de teinture d'iode à 15 grammes. Je prescris de faire autour de l'oreille et du trajet fistuleux une onction, soir et matin, avec gros comme une noisette de la pommade suivante :

Iodure de potassium. . . .	4 gr.
Extrait thébaïque	0,50 cent.
Axonge	30 gr.

Au bout d'un mois, l'écoulement ayant beaucoup diminué, je

recommande de ne plus faire qu'une injection par jour. Les douleurs sont presque nulles.

Je touche les végétations du fond de la caisse avec un petit crayon de nitrate d'argent. Cela quatre fois de suite, à trois jours d'intervalles. Puis alors je dis de ne plus faire les lavages par l'ouverture osseuse que tous les trois jours, et, dans l'intervalle, j'ordonne de verser, matin et soir, dans le conduit auditif, une cuillerée à café de :

Sulfate d'alumine pur	10 gr.
Eau.	100

et de l'y garder une minute.

Puis de bien essuyer avec de la ouate et de tenir du coton dans l'oreille et derrière le pavillon.

Quinze jours après l'écoulement avait tout à fait cessé. Les douleurs ont disparu. J'abandonne tout traitement. Je revois la malade dix jours après ; la guérison s'est maintenue et l'on aperçoit de petits bourgeons charnus dans l'ouverture située derrière l'oreille ; ils se touchent ; je les cautérise légèrement avec le nitrate d'argent, deux mois après, j'examine la malade. Le trajet fistuleux aboutissant au fond d'une cavité qui peut loger l'extrémité du petit doigt est tout à fait fermé.

La santé générale est meilleure ; je conseille de continuer quelque temps encore le fer, le quinquina.

Une montre est entendue au contact avec l'oreille. La destruction tympanique est trop grande et trop ancienne pour espérer qu'elle puisse se refermer. Je recommande de toujours avoir du coton dans cette oreille ; et, si l'écoulement reparait, d'employer de suite la solution de sulfate pur d'alumine.

Paris, A. Parent, imprimeur de la Faculté de Médecine, rue Mr-le-Prince, 31

www.ingramcontent.com/pod-product-compliance
Ingram Content Group UK Ltd.
Pitfield, Milton Keynes, MK11 3LW, UK
UKHW012107240726
13965UKWH00004B/1606